我的吸血鬼同學

03 人狼與九尾狐

創作繪畫 · 余遠鍠　　故事文字 · 陳四月

目錄

迦南

擁有金黃魔力的人類少女。好奇心重，領悟力強，平易近人的她曾被黑暗勢力封印起她的魔力，是九頭蛇想捉拿的人。

安德魯

吸血鬼高材生。外形冷酷，沈默寡言，喜歡閱讀的他想找出失蹤多年的父親，對迦南格外關心。

卡爾

胃口極大的人狼。是學園小食部常客，身材健碩，熱愛跑步，經常遲到的他和安德魯自小已認識。

米露

身手靈活的貓女。像貓兒一樣喜歡捕捉會動的物件，有收集剪報的習慣，熱愛攝影的她夢想成為魔法世界的記者。

美杜莎

蛇髮妖族的後裔。由於這一族的妖魔出了很多危害國家的罪犯，所以美杜莎在學園也被杯葛孤立。她曾嫉妒受歡迎的迦南，但現時二人已成為朋友。

法蘭

魔幻學園的訓導主任。同時是學園舊生的他因為一次事故變成半人半機械的模樣。表面對學生嚴厲其實十分疼愛學生。

史提芬

迦南的父親。是魔幻學園的魔法科老師，和法蘭是好朋友，致力於作育英才。

玥華

迦南的母親，魔幻學園中東方學園的畢業生，擅長使用符咒法術的大法師，婚後成為全職家庭主婦，照顧迦南。

四葉

來自東方學園的九尾妖狐少女。活潑好動而且十分熱情的她和卡爾有婚約在身。和迦南一樣，四葉也擁有金黃魔力。

阿諾特

吸血鬼一族的王子，是被寄予厚望的天才。追求力量和榮耀的他自視高人一等，對同樣被視為天才的安德魯抱有敵意。

索隆

黑魔法派幹部。變色龍索隆能以保護色隱藏自己的身影，是黑魔法派著名的隱形殺手，為了捉拿四葉和迦南潛入魔幻學園。

莎朗

黑魔法派幹部。毒蜂女莎朗能以毒蜂操控別人的身體，她和索隆同樣為了迦南和四葉而潛入學園。

我的
吸血鬼同學

第一章

來自東方的九尾狐

魔法世界中存在各式各樣的妖魔種族，他們之間互相競爭、侵略，因此曾發生過大大小小的戰爭。當中，東西兩方的妖魔分歧最為激烈，所以在多次戰爭後，兩名聲望甚高的妖魔——**西方的龍**，和**東方的麒麟**，決定創立一所魔幻學園，讓族人一同相處，學習共融。學校分為東西兩個學園，雙方學生在四年級開始，會一同上課。

但今個學期這傳統制度出現了變化，來自東方學園的九尾妖狐在二年級就轉到西方學園，擁有金黃魔力的她，碰巧和迦南就讀同一個班級。

「卡爾～我的未婚夫啊！別跑啦～我們是同班同學，你躲不了的！」走廊裡，九尾狐四葉和卡爾正在追逐。

一路奔跑的卡爾轉彎躲到課室。

而在課室之內，再次同班的幾位友人，也在談論卡爾的婚事。

「想不到卡爾有**未婚妻**，年紀輕輕就要結婚了。」蛇髮魔女美杜莎驚訝地說。

「我也嚇了一跳！但對方是個很可愛的女孩呢。」迦南和四葉在校長室有**一面之緣**。

「是東方學園的九尾狐四葉吧，我看報章說過人狼和妖狐兩族的領導人想結成邦交呢，喵～」消息靈通的貓女米露拿出剪報說。

「是**政治婚姻**吧，卡爾根本不認識那女孩。」和卡爾一起長大的安德魯也不知他有婚約在身。

在魔幻世界也有盲婚啞嫁嗎？我以為只有人類世界的大財團才會發生這種事呢。

在人界看過不少電視劇的迦南說。

安德魯接著說……

為了結成邦交，不少傑出家族的後裔會和其他種族的領導人後裔通婚，而四葉正是妖狐族的公主。

那卡爾呢？

迦南不知道卡爾的身世。

卡爾算是名門之後吧，他的父親是皇家騎士團的團長，在人狼族中地位甚高。

安德魯說罷，卡爾剛好跑進課室。

「哪裡可以躲起來？」卡爾四處張望，四葉已快追到課室。

「完全看不出這傻瓜卡爾是出於名門望族呢。」美杜莎和米露異口同聲地說。

「啊！大家都在這裡啊？無時間了！變身！」卡爾看著眾人揮手，然後變身成小狗跑到迦南懷中。

「卡爾你這傢伙！」安德魯看到小狗卡爾躲到迦南懷中，激動得想抓起卡爾。

「卡爾～你**無路可逃**啦！」四葉追到了班房，但她不知道卡爾變化成小狗。

「**拜託大家！**讓我就這樣躲一會兒！」小狗卡爾合上手說。

迦南等人明白卡爾苦況後默不作聲，但四葉已走到她們面前。

「你們有見過卡爾嗎？我明明看到他跑進課室的。」四葉環視著課室說。

「呀……他剛跳窗逃走了。」迦南只好亂找個藉口回應。

「快上課了呢，卡爾還不回來嗎？」四葉失望地說。

「他偶然會**逃課**……」迦南繼續為卡爾找藉口。

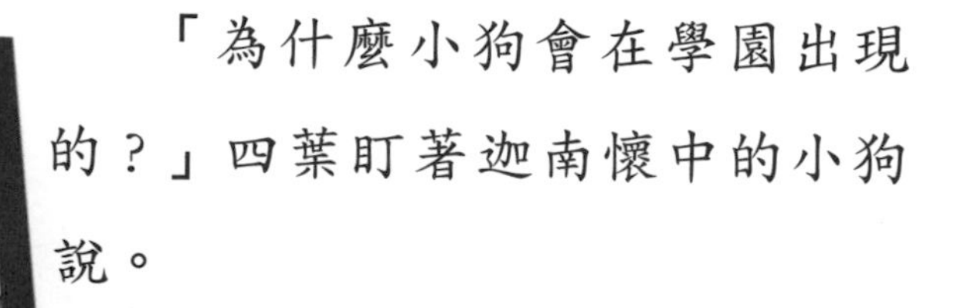

「為什麼小狗會在學園出現的？」四葉盯著迦南懷中的小狗說。

「是我家的小狗！因為……家人都沒有空照顧……所以我帶來學園了。」迦南慌忙地說，卡爾也順勢像寵物犬般汪了一聲。

「**很可愛呢。**」四葉居然沒有懷疑，並輕撫了小狗卡爾頭顱一下。

「開始上課，大家回到自己的座位吧。」

第一節**魔藥科**的老師法蘭走進課室說。

「卡爾呢？」法蘭不見卡爾，只見迦南把食指放到唇上。

「打開課本，今天的課堂教授大家調製能讓身體隱形的魔法藥水。」法蘭沒有追問下去，他一看到迦南懷中的小狗就認出是卡爾。

迦南自從上次在人界看到卡爾變成小狗的模樣後，總是對這小狗感覺**似曾相識**，而四葉的出現，對卡爾來說，是惡夢的開始。

「**終於到午飯時間了！**」卡爾伸著懶腰說。

「逃避也不是辦法，難道你打算今年的課堂時間裡全以小狗模樣示人嗎？」安德魯說。

「而且四葉很可愛呀，你為什麼這般抗拒她？」迦南接著問。

「突然出現說是我未婚妻，不抗拒就假了。」卡爾捧著午餐說。

結束了上午的課堂後，迦南等人一起到飯堂吃午飯，卡爾買了豐富的午餐以為鬆一口氣，但他還未吃上一口，四葉已步入飯堂。

「呀，她又出現了。」美杜莎指著不遠處的四葉說。

「緊急變身！」卡爾唯有又變化成小狗。

「你們有見過卡爾嗎？」四葉走到眾人面前問。

「他……買了午餐後突然想起有事要辦，匆匆忙忙離開了。」迦南只好繼續為卡爾找藉口。「真可惜，我還想和他一起吃午餐呢。」四葉失望地說。

「既然卡爾無空，不如你替他吃了這份午餐吧，別浪費嘛。」安德魯狡猾地留住四葉。

「那我就恭敬不如從命啦。」四葉馬上坐到大家身旁，難為卡爾看著豐富的午餐落到四葉的肚子裡。

「四葉你一個人轉學到西方學園一定很寂寞，我們都是卡爾的朋友，你既然是他的未婚妻，就是我們的朋友啦，我們往後好好相處吧。」安德魯拉攏四葉，想讓卡爾無處躲避。

因為這呷醋的吸血鬼，不想看到變成小狗的卡爾黏著迦南。小狗卡爾向安德魯汪了一聲，無奈地繼續流口水。

新學期的魔法課上，迦南班級依然由她的父親史提芬擔任魔法老師授課，但由於這班上多了從東方學園來的四葉，所以課堂上多了一位特別的輔導老師。

「**符咒**和**魔法陣**雖然外形上有很大差別，但本質上也是透過圖形和文字組成，明白嗎？」坐在四葉身旁的玥華解釋著說。

「明白，但我為什麼要學習西方魔法陣呢？我用符咒很了得呀。」四葉對課堂感到無聊。

「魔幻世界中很多妖魔也會使用魔法的，要是你能看穿對手想要施展的魔法，就能百戰百勝了。」迦南的媽媽**玥華**雖然是東方法師，但對西方魔法也十分熟悉。

「知道了……卡爾又不來上課嗎？」追著卡爾而來的四葉感到失望。

「卡爾？你是為他而轉學的吧？」玥華看著迦南膝上的小狗，一眼已看出牠的真正身份是卡爾。

「嗯，既然是我的**結婚對象**，當然想盡早了解一下對方嘛。」四葉對這婚約並不抗拒。

「年輕人的校園戀愛故事，真令人懷念呢！」玥華也是在求學時期認識現在的丈夫，她說著笑著不自覺聲線**愈來愈大**。

「那邊的兩位女士……課堂時請不要顧著聊天好嗎？」玥華的丈夫史提芬說。

「父母也在同一個課室……令人很尷尬呢。」迦南輕聲說。

「我翻查過有關迦南爸爸媽媽的舊新聞，原來他們真的很厲害呢～喵～」米露到訪迦南在人間的家後，也對她的父母感到好奇。

「讓我看看。」迦南接過米露的剪報冊。

「這裡，除了老師和伯母外，安德魯的爸爸還有訓導主任法蘭，他們四人在年輕時組成了一個團隊，四出幫助受**戰火傷害**的人脫離險境，大家都說他們是英雄呢。」米露指著一張四人年輕時的合照說。

「這就是媽媽年輕時的樣子嗎？」迦南看著母親說，而小狗卡爾亦定神地看著照片中的玥華。

卡爾終於回想起，為何會覺得迦南的家**似曾相識**，又為何會覺得迦南和玥華份外親切……

第二章

似曾相識的小狗

宿舍之內，大部份同學也正在大廳共晉晚餐，唯獨迦南偷偷捧了兩份飯菜回到房間進食。

「卡爾，你不能一直躲著四葉呀。」迦南對變回**正常形態**的卡爾說。

「我也知道……但她太恐怖了，一直追著我不放。」躲到迦南房間的卡爾正狼吞虎嚥地吃著晚餐。

「雖然你變成小狗的模樣很可愛，但也不能留在女生的房間過夜呀。」迦南對小狗並不抗拒，因為她小時候曾照顧過一頭小狗。

「當然不可以，而且卡爾你今年的室友是我。」安德魯飛到迦南房間窗外，還捧著多一份晚餐。「一份晚餐不夠吃吧？」安德魯深知卡爾食量，特意偷運多一人份的晚餐到來。

卡爾高興地跑到窗前……

「吃飽後便跟我回房間，四葉應該不會闖進男生的房間，別再打擾迦南。」其實呷醋的吸血鬼只是不想有男生待在迦南的房間。

學期的第一天，卡爾已身處風波之中，但更大的危機正暗暗湧現，黑魔法派的刺客已偷偷潛入魔幻學園所在的島嶼，靜待時機發動攻擊。

魔幻王國的特大監獄之內，三頭犬賽伯拉斯被鎖上手銬和腳鐐，這所監獄中關著的罪犯多是窮凶極惡之徒。

「想不到大名鼎鼎的三頭犬也會落得如此下場。」深夜中的牢房，穿著黑袍的女妖魔趁著獄卒睡著之際潛入監獄。

「是海德拉大人派你來劫獄的嗎？**蠍子**。」賽伯拉斯望向蠍子女妖說。

「我來是為了傳達大人的信息，你在人界的舉動太高調了，公會對黑魔法派已**有所戒備**，你暫時就留在監獄好好反省吧。」蠍子女妖說。

「迦南，那擁有金黃魔力的女孩已回到魔幻學園了吧？」賽伯拉斯對自己輕敵落敗感到**不甘心**。

「已有其他幹部前往魔幻學園，你就在這監獄進行任務吧。」蠍子女妖說。

「任務？」賽伯拉斯疑惑地說。

「把末日之事在監獄內傳開，拉攏支持黑魔法派的囚犯，海德拉大人很快會帶大家離開。」蠍子女妖說罷隨煙霧飄散離開。

只要是自己的支持者，海德拉不介意他們是戴罪之身，為了壯大勢力實行他的計劃，黑魔法派將會正面挑戰魔幻王國。

翌日早上，卡爾又再一次懶床，距離上課時間只餘下不足五分鐘。

「糟了！遲到又會被罰留堂，安德魯這傢伙竟然不叫醒我！看我明天提早起床鎖起他的棺木！」卡爾連忙奔出宿舍，但還有一個同學同樣匆匆忙忙。

「卡爾？終於見到你了！」同樣有懶床習慣的四葉說。

「快遲到了！快坐到我身上，訓導主任法蘭會擋住校門的。」卡爾變成大狼，準備衝刺到學園。

四葉變成了雪白的九尾大狐狸，活潑好動的她對自己的身手很有信心。

大狼和狐狸同步奔馳，眨眼間已接近法蘭看守的校門。

「看來卡爾今年多了一起罰留堂的同伴呢，遲到可是不要得的壞習慣。」距離校門關閉的時間還餘一分鐘，法蘭已使用魔法**銅牆鐵壁**守住門口。

「訓導主任又出茅招！這樣我們可跨不過去啊。」卡爾曾被同一招數攔住，但這一次他有九尾狐助陣。

「讓我來！九尾狐火！」四葉的九條尾巴射出火球，把法蘭築起的魔法牆壁打破。

「**跨過去吧！**」四葉一躍而起，卡爾也緊隨其後。

「你挺厲害呢。」及時趕到學園的卡爾不禁讚嘆。

「我們先走啦，訓導主任！」兩人避過留堂一劫，全賴四葉的優秀實力。她雖然年紀輕輕，已被九尾狐一族視為**明日之星**。

「東方學園的四葉果然不簡單。」法蘭收起魔法杖，要是每朝四葉也陪伴卡爾回校，法蘭就難以令卡爾留堂了。

「為什麼愁眉苦臉？」魔法老師問。

「竟然被卡爾逃脫了，多得四葉協助他。」法蘭失望地說。

「看來四葉會令卡爾有所**成長**呢。」魔法老師欣慰著說。

歷史課上，不再變成小狗的卡爾正在瞌睡，而四葉則一直看著卡爾的側臉甜蜜地笑。

「卡爾今天不扮小狗了嗎？喵～」米露靜悄悄地問。

「嗯，我看到他和四葉一同回校，看來是**冰釋前嫌**了。」迦南在課室看到兩人奔跑的片段。

「**正正經經**來上課就好，迦南的膝蓋可不是他的座椅。」大發醋意的安德魯一想到迦南抱著小狗卡爾便氣上心頭。

「倒是變成小狗的卡爾也挺可愛呀。」迦南對這形態的卡爾感覺特別親切，安德魯聽著更**不是味兒**。

「卡爾是名門之後，嫁給他就像嫁給貴族呢，迦南你有興趣嗎？」美杜莎見安德魯臉如死灰接著說。

安德魯和迦南雖然十分親近，兩人更有過**出生入死**的經歷，但他們之間還欠缺確立關係的一句說話。

「名門之後嗎？的確和我……不一樣。」安德魯的父親被視為吸血鬼一族的叛徒，他加入黑魔法派後更傷害過無數生命。

名門之後和罪人之子，這差距讓安德魯在意起來。

「又來到我喜愛的時間！**午飯時間**！今天有什麼好吃的呢？」卡爾期待地跑到飯堂。

「卡爾，一起吃飯吧！」四葉再次跟到飯堂。

「那就……和大家一起吃吧。」見識到四葉的實力後，卡爾也對她感到好奇。

但這份好奇心裡，目前還沒有包括愛慕。

「來！作為你的未婚妻，讓我餵你吃吧！」一臉歡喜的四葉正等著卡爾張開口。

「不要……」卡爾別過臉自顧自地大口吃飯。

「來嘛，我的未婚夫別這麼害羞啊！」

熱情的四葉讓坐在對面的迦南等人目瞪口呆。

卡爾終於按捺不住怒吼起來……

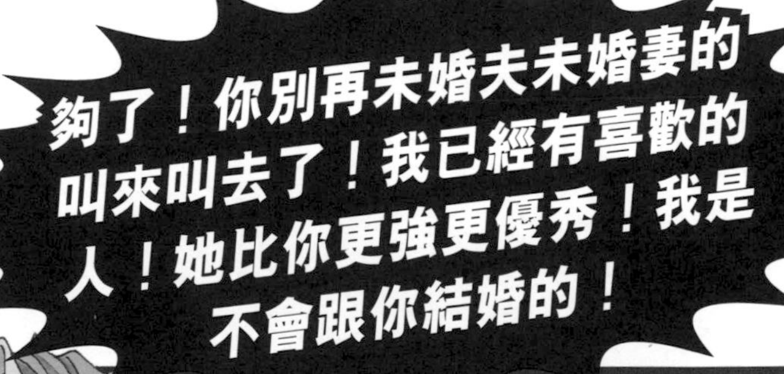

卡爾的聲浪大得引來全個飯堂的同學注視，眾人**一言不發**，直至四葉打破這尷尬的氣氛。

「那女生是誰？」四葉冷靜地問。

「***是迦南！***從我小時候遇上她開始我就喜歡上她了！」卡爾拉起迦南，然後逃出飯堂。

卡爾的發言嚇得米露和美杜莎不禁噴出還未吞下的飯菜，四葉露出疑惑的表情看著逃去的兩人，而安德魯靜悄悄地霧化消失在飯堂之中。

第三章

東方法術對西方魔法

卡爾一怒之下拉著迦南的手走出飯堂，心急如焚的他未有留意手心愈來愈大的力度。

「卡爾……痛……你弄痛我了。」人狼的腕力對人類來說很易造成傷害。

「每次碰到那九尾便未婚夫，未婚妻的叫個不停！煩死人了！」卡爾沒有聽到迦南的低喃。

「**卡爾你這混蛋！**」但激動的不止卡爾一個，聽到卡爾的表白後安德魯也按捺不住。

霧化追上的安德魯看到叫苦的迦南，終於朝卡爾臉上打上**一記重拳**。

「迦南，你的手怎麼了？」安德魯馬上檢查迦南的手腕。

「是你先動手的！」本來已十分煩躁的卡爾吃上一拳後更**怒火中燒**。

人狼的大爪馬上從後揮向安德魯，背向卡爾的安德魯以一雙蝙蝠翅膀擋住。

「你這笨蛋是吃錯東西了嗎？先對迦南亂說話，現在還**動手動腳**？」安德魯馬上轉身還擊，吸血鬼和人狼拳腳交鋒，沒有使用魔法，有如猛獸原始地衝撞。

「我喜歡誰要你過問嗎？你算是迦南的什麼人嗎？」卡爾張開狼口想要咬向安德魯。

「你和四葉吵架是你們的事，但牽涉到迦南就不行！因為我……因為**我也喜歡……**」安德魯的利齒也伸了出來，兩個衝動的男生打得愈來愈激烈。

「**特大冰霜魔法！**」安德魯話未說完，迦南眼見兩人愈來愈激動，只好使出冰魔法將兩人凍結起來。

「你們兩個……是笨蛋嗎？不問因由就打起上來！是爭玩具的小朋友嗎？」迦南大聲吆喝，被凍結的兩人嚇得不敢作聲。

兩人激動的情緒**平伏下來**，當他們看到迦南的手腕瘀青了一塊，都不約而同露出愧疚的表情。

學園內的一片草地，安德魯和卡爾都乖乖跪坐在地，表情嚴肅的迦南正以魔法為兩人治療傷勢。

「**對不起……**」安德魯和卡爾異口同聲地說。

「冷靜下來了吧？卡爾，剛才你在飯堂說的到底是什麼一回事？」迦南瞪著卡爾說。

「十成是借迦南來讓四葉知難而退。」安德魯說。

「也並不完全是這原因呀，迦南，看到我這模樣後，你沒有想起什麼嗎？」卡爾再次變成小狗，從看到迦南媽媽年輕時的相片後，他就確認了一個事實。

迦南托著臉說……

「你小時候曾照顧過一隻受傷的小狗吧，你把牠帶回家中，和媽媽一同治理牠的傷勢。」小狗卡爾說。

「嗯……是有過這樣的事，但當時我年紀太小，回想不起來了。」這是在迦南被封印魔力後不久才發生的事，而且小狗只逗留過一段短時間。

「我就是那小狗啦。」卡爾變回正常形態說。

安德魯和迦南也十分錯愕。

「哈哈……我小時候曾誤跑到人界呀，那時候我也不知道除了魔幻世界外還有另一個**完全不同**的人界，我找不到回家的路，反而被貨車撞倒了。」卡爾抓著頭說。

「是迦南你在街上發現我的，你把我抱回家中照顧，我上次到訪你家時已發現了……你和伯母就是當年拯救我的人。」

所以卡爾覺得那個家似曾相識，覺得迦南和玥華很親切。

「我也記得你曾失蹤過一段時間，原來是誤闖人界。」自小認識卡爾的安德魯說。

「哈哈！聽說我是**有史以來**唯一一隻迷路跑到人界的妖魔，很厲害吧？」卡爾自豪地說。

「你認為這是值得高興的事嗎？」安德魯感覺卡爾像個笨蛋一樣。

「所以對我來說，迦南和伯母也是我喜歡的人呀，和**烤豬**一樣是**非常重要**的東西。」卡爾最愛吃的就是烤豬，他能吃上一整頭烤豬作下午茶。

「這種喜歡不是那種喜歡啦……你在飯堂的說話會被四葉誤會的。」迦南頓覺卡爾像個小孩一樣。

「那你對四葉有什麼看法？」安德魯接著問。

「**跑得很快，好像很強。**」卡爾回憶著說。

「不……是作為女生而言，你覺得四葉怎樣？可愛嗎？漂亮嗎？想更了解她嗎？」安德魯沒好氣地問。

「**挺可愛吧**……要是她不會整天未婚夫的叫嚷，也會想了解多點吧。對我們這年紀來說，兒女私情還不是很了解呀，談婚論嫁更是遙遠的事吧？」其實卡爾比其他人單純得多。

迦南和安德魯對望了一眼，兩人終於察覺卡爾對四葉**並非不感興趣**，但要讓兩人好好相處，還需要一點助力。

下一節課堂是魔幻生物課，學生們需要進入霧林採集一些**魔幻植物**，迦南第一次在學園遇到安德魯時，安德魯和卡爾就正在採集魔菇。

「同學們分成兩人一組，採集清單上列出的植物，只要不打擾霧物中的魔物，牠們也不會傷害你們的，如果真的遇到魔物襲擊就馬上向天**發射訊號**，老師我會馬上來找你們的。」霧林是學生的禁地，只有在老師陪同下才能進入，而負責教授魔幻生物課的老師，是對霧林十分了解的樹人，牧林老師。

霧林其實並不是很危險的地方，棲息在霧林的魔物也甚少襲擊學生，但霧林範圍廣闊，而且不時出現濃霧，學生很容易會迷失方向。

「啊……好。」迦南心想這是和四葉談話的好機會。

然後卡爾和安德魯一組，米露和美杜莎一組，迦南則和四葉一組，他們各自去到霧林中不同的地方，採集各自的目標。

「迦南，你和卡爾關係很親密嗎？」兩人進入到霧林深處後，四葉突然開口問迦南。

「我們只是朋友，四葉你誤會了啦。」周圍只有迦南和四葉，迦南嘗試解開誤會。

「但卡爾說喜歡你，他喜歡很強的女生。」四葉對此**耿耿於懷**。

「那只是朋友間的喜歡呀，卡爾的腦袋裡只有食物的。」迦南感覺氣氛突然轉變，因為四葉正散發著金黃的魔力。

「和我較量一下好嗎？我想知道卡爾這麼欣賞的你，到底有怎樣的實力。」四葉一臉認真，手上更取出了符咒。

「**不不不不！**你真的誤會了！」迦南慌張地說。「你對東方的符咒法術沒興趣嗎？同樣是擁有金黃魔力的人，你不想知道我們之間誰的魔法更厲害嗎？」四葉對迦南很感興趣，因為在魔幻學園中只有迦南和她一樣。

天生擁有稀有的金黃魔力，被黑魔法派視為目標，迦南和四葉有相似的命運。

「和媽媽一樣的法術……」而迦南，亦對媽媽使用的東方法術有所好奇。

「來一場**點到即止**的魔法對決吧！東方和西方的對決！」四葉搶先進攻，手上的紅色符咒閃現光芒。

四葉的符咒向迦南射出火球。

「防禦魔法，橡皮球！」迦南馬上揮舞魔法杖以橡皮球保護自己。

「很有趣的魔法呢，吹雪召來！」四葉換上另一張藍色符咒，一陣冰藍寒氣凍結起橡皮防護網。

「但你只會防守，不採取進攻嗎？」四葉再拿出黃色符咒，她的魔力正急速上升。

「符咒法術真的很快很方便呢，但我不會輕易認輸的。」

面對貌似年紀相若，而且同樣是擁有金黃魔力的女生，迦南也燃起了爭勝之心。

「**雷鳴召來！**」

四葉把魔力集中到雷電法術之上。

「雷電魔法！」迦南也把魔力貫注到雷電魔法之上。

要保護自己和重要的人，迦南知道不能只專注在防禦魔法之上，學習攻擊魔法是為了抵禦隨時會來襲的黑魔法派。

相撞的雷電產生強大的衝擊波，把迦南和四葉都彈開，連周圍的樹木也受到波及。

「迦南你很厲害嘛……後……後面！」四葉站起望向迦南，怎料一個龐大的身影已站在迦南背後。

兩人比試時產生的衝擊波，驚動了在霧林棲息的魔獸，高大的熊妖舉起大手，準備襲向還跌坐在地的迦南。

哮!!! 巨熊誤以為迦南和四葉是來襲擊牠的壞人，所以先下手為強。

「居然向少女揮爪，你這低等魔物簡直不能饒恕。」幸好漆黑的翅膀及時擋住熊爪，突然出現的吸血鬼保護了迦南。

「是安……安德魯嗎？」迦南抬頭張望，但黑色翅膀的主人留著一把長長的金髮。

第四章 吸血鬼王子

金髮的吸血鬼揮舞**魔法杖**，本想襲擊迦南的巨熊立即被催眠倒下。

「沒受傷吧？迦南小姐。」金髮的吸血鬼禮貌地扶起迦南。

「不打緊……你是？」迦南以為來營救她的吸血鬼是安德魯，但面前的金髮男子除了俊秀之外更**充滿貴氣**。

「迦南！」由於迦南和四葉的比試傳出巨響，樹人牧林老師和安德魯等人也趕來現場。

「阿諾特。」安德魯對扶著迦南的吸血鬼說。

「好久不見了，安德魯。」阿諾特看著安德魯的眼神**懷著敵意**。

「阿諾特？是吸血鬼一族的王子，那個世

世代代也流著皇室血統的家族？」

四葉雖然是東方的妖魔，但對西方有名的家族也略有認識。

被視為吸血鬼中血統**最優秀**的家族，留著金色長髮的阿諾特是現任吸血鬼王的兒子，是被稱為天才的**明日之星**。

「我是三年級的阿諾特，幸會呢，我校的兩位金黃魔力持有者。」阿諾特向兩人點頭微笑。

阿諾特是西方學園的三年級生中實力**最強**的一位，他比安德魯早一年入學，但在吸血鬼的城堡生活時，他早已認識安德魯。

「是阿諾特制服了這頭熊妖吧？幸好三年級生也剛好在上生物課呢。」

樹人老師感激著說。

「**舉手之勞**罷了，畢竟這兩位少女也是我校重要的人物，老師你也要多加注意，免得她們被圖謀不軌的人傷害。」阿諾特故意看著安德魯說。

阿諾特和安德魯**水火不容**，因為安德魯的父親加入了黑魔法派，令吸血鬼族蒙上污點。

「我自會保護好迦南，不用你多管閒事。」安德魯拉迦南到身邊。

「問題是，你是不是可以信任的人呢？背叛者的兒子。」阿諾特說完後便霧化消失，他和安德魯的關係如此惡劣的原因還有一個。

因為這一代的吸血鬼中出現了兩個年輕的天才，他們都被族人寄予厚望，皇室後人阿諾特，**背叛者的兒子**安德魯，貴為王子的阿諾特最討厭被拿來和安德魯比較。

「大家也無受傷吧？但熊妖不會無故襲擊學生的，你們快告訴我事情的**來龍去脈**。」

樹人老師察覺到周圍有打鬥的痕跡，嚴肅地問迦南和四葉。

迦南和四葉只好把事情一五一十告訴老師，而在黑暗的角落正有人看著這一切。

「這兩人就是我們的目標人物吧？」來自黑魔法派的幹部正透過她的分身觀察學園四周。

「能透過蜜蜂的眼睛作監視，你的本領真令人**嘆為觀止**。」隱藏身影的黑魔法派幹部有兩名。「由我們進行回收任務一定是最適當的人選，那些無人盔甲根本無法察覺我們的存在，我說得對嗎？變色龍。」操縱蜜蜂觀察學園的女妖，是毒蜂女妖——莎朗。

「當然，金黃魔力持有者已被找到了，只要確定被搶奪的容器藏在哪裡，我們便能立即行動。」變色龍妖——索隆能任意改變自己皮膚的顏色融入環境，就算再多守衛也難以發現他的存在。

「別心急，這學園有很多值得我們利用的棋子，我要讓這地方陷入一片混亂。」一直監視迦南周圍的毒蜂女妖發現她身邊的人很有利用價值，特別是阿諾特。

眼睛略帶邪氣的吸血鬼王子，他心中的陰暗面被黑魔法派的毒蜂盯上了。

校務處之內，迦南和四葉因為在霧林內私下決鬥而被處罰，處罰的內容是整理圖書館內多不勝數的藏書，為期一周。

抱歉啦，若不是我迫你和我比試，就不會連累你受罰吧。

四葉邊整理書本邊苦笑著說。

不要緊，能見識到有趣的符咒法術我也獲益良多呀。

同是身懷金黃魔力的女生，迦南和四葉經過比試後惺惺相惜。

「難怪卡爾說你很強，能和本小姐比個勢均力敵確實不簡單！」四葉也十分欣賞這夠膽和她正面對決的人類少女。

「你誤會了！我和卡爾的關係並不是你想像的那種。」迦南連忙解釋。

「我知道呀，你喜歡的人是吸血鬼安德魯吧？他也很緊張你呢，你們在**交往**吧？」四葉早已察覺迦南和安德魯之間微妙的關係。

「別說我的事了！現在最重要的是你和卡爾的關係呀。」害羞的迦南馬上轉移話題。

「卡爾總是避開我……這一點真的很傷我**自尊心**呢。」四葉苦惱著說。

「其實卡爾思想很單純，對女生也很沒辦法，問題是……你喜歡卡爾嗎？還是因為婚約迫不得已才接近卡爾？」身為卡爾的朋友，迦南想撮合兩人，但也必須了解四葉的心意。

「喜歡呀，這個**朝氣勃勃**，像個傻瓜似的大男孩。」其實四葉在轉學到西方學園前已見過卡爾。

東方和西方學園距離不遠，但兩校的學生在四年級前也不得踏足對方的學園，好奇心重的四葉曾偷偷觸犯規例潛入西方學園。

這裡就是西方學園嗎？像個城堡似的，很漂亮嘛！

四葉變身成為一隻小狐狸，**大模大樣**地在西方學園散步。

這是他們一年級初開學不久的時候，因為父親的關係受杯葛和責罵的安德魯被四個鄰班同學圍住。

「啊！打架嗎？四個男生欺負一個人啊。」對實力滿有自信的四葉想要插手，但她又害怕曝露自己是東方學園學生的身份。

「像你這種流著**污穢之血**的人也能來上學嗎？給我好好教訓他！」對安德魯不滿的四名學生想以多欺少。

「可以欺負安德魯的只有我人狼卡爾！」卡爾跑到安德魯面前挺身而出。

兩人雖被四人包圍，最終安德魯和卡爾也受了輕傷，但襲擊他們的四人卻倒地不起。

「只不過是四名**小卒**，我自己一個也應付得來。」口硬的安德魯說。

「真大口氣呢，你這瘦弱的小子應該吃多點，才能像我這樣**強壯**！」卡爾笑著抹去嘴角的血液。

「人狼卡爾，是個重情重義的男子漢呢。」躲在一旁偷看的四葉腦中留下了深刻的印象。

所以當她知道和卡爾的**婚約事**並沒有抗拒，反而更想深入認識這個男生。

「原來如此……這的確很像卡爾的作風。」迦南終於明白為何四葉這麼熱情。

「但他很討厭我吧？為了避開我更變成小狗的模樣。」四葉雖然面帶笑容卻難掩失落的心情。「其實卡爾並不討厭你，只是你用錯方法罷了。」迦南決定施以援手。

「方法？」四葉疑惑地問。

「無錯，捕捉人狼卡爾的方法。」迦南慧黠地笑著說。

如是者，來自東西兩個學園的金黃魔力持有者打破了隔閡，熟知卡爾喜好的迦南更成為了四葉的戀愛軍師。

夜深的宿舍之內，同學們都經已入眠，但卡爾卻總是在三更半夜突然起床，因為食量驚人的他肚子又再咕咕作響。

「肚餓了……廚房內還有什麼可以吃呢？」還在打呵欠的卡爾步落大廳，未走到廚房的他卻嗅到陣陣香味。

「這香味很陌生！」卡爾迅速跑到大廳的飯桌前，那裡正是散發香味的源頭。

「我曾在美食指南上見過！麻婆豆腐！炸子雞！楊州炒飯！這些是東方著名的菜式！」卡爾**兩眼發光**，抵擋不住誘惑的他已伸手向眼前美食。

「唉呀！」但卡爾中了四葉的陷阱，從天而降的**大筲箕**困住貪吃的人狼。

「很想吃吧？但這可是本小姐的消夜啊！」四葉促狹地笑著說。

「中計了！」卡爾止不住口水，就算跌入陷阱還是**目不轉睛**地看著美食。

「你想吃也可以……但是有一個條件。」四葉知道目標已達成。

「什……什麼條件？」因為卡爾對美食沒有抵抗力。

「乖乖坐在我旁邊，陪我一起吃，反正我一個女生也吃不下這麼多呀。」四葉從迦南口中得知卡爾的弱點，同時亦知道自己操之過急，令卡爾對她如此抗拒。

「是你吃不下，我才**勉為其難**陪你的……」卡爾的口水已滴到地上。

「過來吧！你這貪吃鬼。」四葉解除法術，困住卡爾的大筲箕立即消失。

卡爾狼吞虎嚥地吃著說：

「我自小就跟宮殿中的**大廚**學習烹飪，東方菜式又怎會難得到我？」四葉看著卡爾的吃相微笑著說。

「宮殿？大廚？」顧著吃的卡爾沒有仔細聽四葉說的話。

「我好歹也是妖狐族中的**公主**呀，宮中有幾位大廚也很正常吧？」四葉是公主之事其實卡爾早已忘記了。

「那你還會做其他好吃的菜式嗎？」卡爾是只注重吃的。

「當然會。要是你不再躲著我，我便做更多好菜式給你品嚐。」四葉正在利誘貪吃的人狼。

「一言為定！」

當然卡爾也立即上釣。

從這晚開始，卡爾也放下了對四葉的防備之心，四葉也逐漸開始了解這個和她有婚約的人，兩人的聯婚有利兩個種族的邦交，但能否順利成事還得看這對男女的心意。

翌日上午，卡爾又再遲了起床，他匆忙地換過校服後準備又再全速奔跑，挑戰訓導主任法蘭的**鐵壁防禦**。

「卡爾，我有辦法避過法蘭老師。」四葉早已在宿舍門外等待卡爾。

「有什麼方法？」卡爾試過不少次被法蘭的魔法攔住而遲到。

「用這個！老師在堂上教我們調配的魔法藥水。」早幾天法蘭教授的內容正好大派用場。

「**隱形藥水？**」卡爾不擅長細心調配藥水，但這方面卻是四葉的強項。

兩人喝下藥水後便馬上跑向校門，法蘭如常站在門前，但今天他卻沒有拿出魔法杖。

因為喝過藥水後的卡爾和四葉也隱形了，他們光明正大地跑近校門法蘭也看不到。

「成功了！」終於兩人成功避過法蘭的視線穿過校門。

法蘭微笑著以鐵鏈關上大門，史提芬和妻子玥華剛好和隱形的兩個學生擦肩而過。

「今天不留難卡爾嗎？他服用了隱形藥水吧？」史提芬在剛才的一瞬間而察覺有人在身邊經過，而臨近校鐘響起才回校的人通常只有卡爾。

「懂得活用我教的知識，今天就放過他吧，不過卡爾為人粗枝大葉，肯定不是他調配出隱形藥水。」法蘭沒有拆穿卡爾的把戲，因為他欣賞對知識**活學活用**的學生。

「是四葉幫忙的吧，她資質很好，來到西方學園不久已適應新的環境了。」玥華是四葉的個人輔助老師，她也十分欣賞這年輕的九尾狐。

「但他們還是太幼嫩了，隱形藥水雖然能隱藏身影，但氣味和魔力卻無法隱藏，像剛才這樣走向我便會曝露自己的位置了。」法蘭說。

「那班幼嫩的孩子……感覺就像以前的我們呢，如果安德魯的爸爸也在的話便好了。」玥華想起昔日的校園生活，他們四人的**青蔥歲月**。

「就算他在也無法像以前一樣，這為了力量而墮落到跟隨黑魔法派的**叛徒**。」法蘭難過地說。

「我總覺他並不是為得到力量不擇手段的人。」史提芬想起舊友也不禁難過。

學習黑魔法雖然能得到強大的力量，但卻被外界視為禁忌。

「對了，你和校長收集到的容器有好好藏起來嗎？我怕黑魔法派的人會潛入學園搶奪。」從研究院回來之後，法蘭總是**心緒不寧**。

「嗯，校長已把它們藏到安全的地方。」史提芬說。

「雖然已加強戒備，但我總是有不祥的預感，大家也多加留意吧。」法蘭嚴肅地說，然後三人各自向課室進發。

法蘭的預感沒錯，黑魔法派的幹部已潛入學園，其中一人更**無聲無息**地聽著他們的對話。

西方學園範圍外的一個山洞之內，變色龍解除了保護色走進洞穴深處。

「怎樣？有打聽到**容器**的下落嗎？」毒蜂女問。

「還未打聽得到，但已確定容器在校園中，那科學怪人的戒心很重，幸好我的保護色除了身影，連氣味和魔力也能隱藏。」變色龍的得意技法徹底騙過三位老師。

「看來是時候用我的特別技能，讓這班老師分身不暇，再找容器出來了。」毒蜂女沒有隱身技法，但她擁有更可怕的特別技能。

毒蜂女輕輕揮手，大量黃蜂分散飛出山洞，牠們的目標，是還不知道大禍臨頭的學生們。

課室之內，迦南等人正在上魔法歷史課，她的膝蓋上除了小狗之外，更多了一隻小狐狸。

「為什麼又多了一隻狐狸的？」安德魯轉身問坐在身後的迦南。

「哈哈……是發生了點事情啦。」迦南尷尬地笑著說。

這是迦南向四葉作出的建議。迦南認為只要不再提起婚約的事，卡爾就不會避開四葉，而且要吸引貪吃貪玩的卡爾其實很容易，卡爾的習慣同住宿舍的同學們都瞭如指掌，例如**深夜要吃消夜**，早上會賴床。

所以如果人狼卡爾變成小狗，四葉便變身做小狐狸去接近**貪玩**的卡爾。

歷史課老師菲尼克斯一眼便看穿這兩個頑皮學生的把戲，但只要他們乖乖上課，她也不會阻止。

「你們小心點，別亂跑呀！」下課後，小狗和小狐狸又再追逐起來，迦南變得像兩隻寵物的主人一樣。

「四葉也跟卡爾一樣**腦袋壞了**嗎？身體變得這麼小很不方便吧？」安德魯不理解這兩人在幹什麼。

「隨便他們吧，他們看起來很開心呀。」迦南看著追逐的兩隻小動物笑著說。

「要變成什麼是他們的自由，但不要黏著你就好。」安德魯不滿地說。

你呷醋嗎？你看到他們坐在我膝蓋上之後便一直鼓起腮子。

迦南微笑著說。

我……我只是看不過眼罷了……

不擅長表達情感的安德魯別過臉說。

一同經歷過**幾次危機**，安德魯和迦南也未有更進一步，他們之間還欠缺一個決定性的表白。

「安德魯，校長有事找你。」法蘭突然從兩人身後出現。

還未有機會向迦南**表白**，安德魯又遇到麻煩事情，校長室內除了校長巴哈姆特外，還有另一名吸血鬼正在等待他。

校長室內，巴哈姆特**一臉嚴肅**，吸血鬼王子阿諾特正站在校長面前，他和安德魯一樣是被校長突然召見。

「校長。」收到通知後，安德魯立即來到校長室。

「召集兩位到來……是因為一件關於吸血鬼族的事情。」巴哈姆特感覺難以啟齒。

「畢竟我是吸血鬼王的兒子，和我說就足夠了。」阿諾特**高高在上**，看不起同族的安德魯。「因為這件事，和安德魯的父親有關……」安德魯的父親曾經也是西方學園的學生。

「關於爸爸？他不是失蹤了嗎？」十年前**學園襲擊事件**之後，安德魯的父親就音訊全無。

「他是吸血鬼一族的恥辱，就算被處死也是正確的事。」阿諾特討厭這讓吸血鬼蒙羞的人。

「幸好皇家騎士團的團長——卡爾的父親，也是本校的畢業生，我已拜託他若然找到你的父親就引渡他回學園……我相信他並不是壞人，加入黑魔法派一定有苦衷，我希望你們也相信他。」巴哈姆特相信自己的學生，就算他已成通緝犯。

「你們是吸血鬼族的後起之秀，假以時日一定能成為族中的支柱，我希望你們放下成見，好好相處。」巴哈姆特不想學生之間敵視對方。

聽過校長的說話後，安德魯和阿諾特一言不發就離開，直到遠離校長室後，阿諾特才打破沉默。

我不認同校長所說的話，我流着吸血鬼皇室的血脈，你只是背叛者的兒子，我和你差天共地。

阿諾特自**視高人一等**，不喜歡外界把安德魯說成和自己一樣的天才。

「要用實力證明嗎？你這個高高在上的王子是否真的比我優秀？」安德魯**不甘示弱**，面對說自己父親壞話的人他特別激動。

「我們決一勝負吧，今夜凌晨，我在霧林等你。」阿諾特走近安德魯說。

學園禁止學生**私下對決**，曾違反這校規的迦南和四葉還在接受處分，但阿諾特還是向安德魯挑戰，因為他無法認同安德魯是和他一樣的天才。

第六章

吸血鬼之戰

深夜時分的宿舍之內，卡爾又再因為肚餓而下床，但他發現旁邊的棺木內空空如也，他的室友安德魯不知所蹤。

「奇怪……」卡爾邊步向大廳邊說。

「發生什麼事了嗎？」四葉已擺放好餐具。

「這麼晚而且外面還下著雨……但安德魯卻不在房間呢。」卡爾抓著頭皮說。

「別管他了，今晚的消夜是中式點心，趁熱吃吧！」四葉打開蒸籠，香噴噴的點心讓人**食指大動**。

「嘩～好燙！」卡爾忍不住用手拿起點心，熱騰騰的點心差點燙傷他的手。

「來！我教你用**筷子**，這是東方的餐具呀。」四葉拿出筷子，想要親手教授卡爾。

「筷子？」只要和吃有關的東西，卡爾也願意嘗試。

這邊廂卡爾和四葉享受著愉快的美食時光，那邊廂安德魯和阿諾特正要展開生死相搏。

下雨中的霧林之內，安德魯和阿諾特走到甚少魔獸出沒的一帶，兩名吸血鬼也展開漆黑的翅膀，**目露凶光**瞪著對方。

「背叛者的兒子，我要讓你知道我們之間的實力差距到底有多大。」阿諾特散發出驚人魔力，兩手鋒利的指甲有如利爪。

「***來吧，高高在上的王子。***」

但安德魯毫不畏懼，從衣袖中取出魔法杖。

被視為天才的兩名吸血鬼，一個身負皇室的寄望，一個背上父親的罪孽，兩人在不同的環境成長，鍛煉出超越同期同學的實力。

「召喚魔法，黑煙。」阿諾特以魔法製作出大片黑煙，隱藏自己的位置。

「防禦魔法，銅牆鐵壁。」安德魯不知道對方何時會從黑煙中突襲，馬上在前方築起防禦。

「你的父親為了黑魔法派捉走過多少身懷金黃魔力的人？你知道他害我們吸血鬼蒙上多大**恥辱**嗎？」阿諾特隨著黑煙潛行，一步一步接近安德魯。

「我不知道，我爸爸並不是你說的那樣！」安德魯相信父親，因為十年前是他**通風報信**，安德魯才能救出被捉走的迦南。但這件事安德魯沒有告訴別人，因為他也不明白父親的用意。

既加入黑魔法派，但又放走擁有金黃魔力的迦南。

「你接近迦南也一定是為了把她交到黑魔法派手上！」

「***不是！我只是想保護她！***」激動的安德魯沒有發現身後的魔爪。

阿諾特的利爪狠狠劃破安德魯的背脊，安德魯想轉身反擊卻被阿諾特踢上一腳。

「保護金黃魔力持有者的重任，應該交由貴為王子的我！」阿諾特連揮利爪，在近身搏鬥上壓倒安德魯，正當阿諾特準備乘勝追擊，安德魯展翅飛到樹林躲避。

「休想逃跑！」但阿諾特也有蝙蝠翅膀，飛行本領高強的他緊隨安德魯身後。

兩人左閃右避，穿過樹林來到一片草地，安德魯拉遠和阿諾特之間的距離後準備以魔法迎擊。

「為了吸血鬼一族，你知我吃了多少苦頭嗎？！」身為王子的阿諾特在成長的過程一直受到很大壓力。

十年前，身為家族要員的安德魯父親加入了黑魔法派，害吸血鬼一族**聲譽受損**，外界更認為所有吸血鬼也是黑魔法派的支持者，就連吸血鬼皇室也受到魔幻王國國王的譴責，吸血鬼族再得不到國王的信任。

「阿諾特，你是我們的希望，你要再次振興吸血鬼一族。」吸血鬼王對王子寄以厚望。

阿諾特自小就接受多重訓練，被當作**未來領導人**般培育，就算他被送到魔幻學園，也是吸血鬼王的安排，他嚴格要求阿諾特考取最好的成績，讓所有人知道吸血鬼族是最優秀的族裔，他們的王子必須是魔幻學園最優秀的學生。

「被榮譽束縛的你，真的很可悲。」安德魯和阿諾特拉開了一段距離，因為以魔法比併，安德魯信心十足。

「你想說什麼？」阿諾特感受到安德魯散發的魔力正在上升，安德魯的魔力更滲透淡淡金光。

「你追求力量的原因是為了得到認同，讓人敬畏。但我和你不同。」安德魯吸過迦南的血液，當中小量的金黃魔力還殘留在他身體內。

「我追求的力量，是用來**保護迦南**的。」安德魯飛快地畫出大型魔法陣，如龍似的火焰撲向阿諾特。

「上級火焰魔法？」阿諾特立即以魔法防禦，較他低年級的安德魯能駕馭上級攻擊魔法令他大為意外。

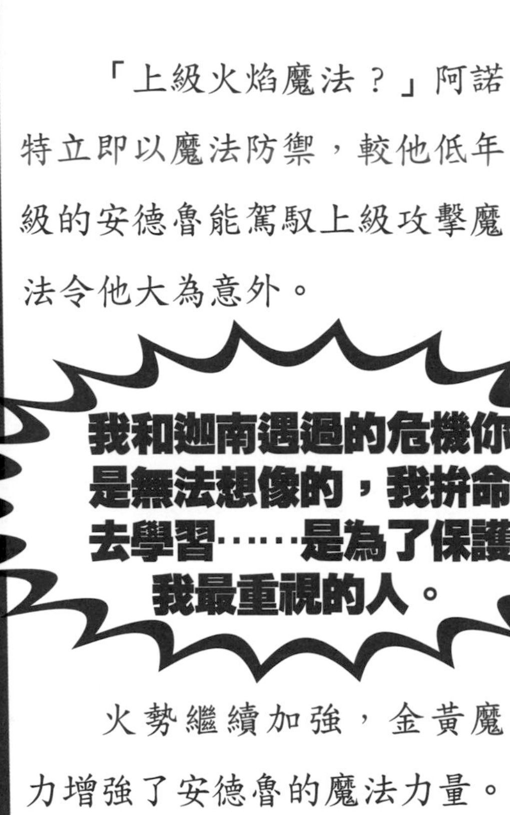

火勢繼續加強，金黃魔力增強了安德魯的魔法力量。

同樣是資質聰穎的天才，安德魯和阿諾特奮鬥的目標並不一樣。

「上級暴風魔法！」阿諾特捲起強風吹散火焰，但安德魯已準備好下一著。

「特大暴雷魔法！」

連環閃電突然劈落在阿諾特身上，阿諾特立即被電得一陣暈眩。

「不只上級魔法，我和迦南也在自學更強的魔法。」經歷吸血鬼獵人和三頭犬的兩場戰役後，安德魯知道不能緩慢地成長。

「這不是學生會用的魔法……我不承認……不承認我輸給了你。」阿諾特不甘心地說，他手握的魔法杖已被安德魯踢開。

「隨便你怎樣想，反正我從來無把你視為競敵。」安德魯的對手，是不知何時會來襲擊迦南的黑魔法派。

「我不服……我是吸血鬼族的王子！是最優秀的吸血鬼！」阿諾特奮力想站起，但雷電的效果令他全身乏力。

「可惡……」阿諾特只能看著安德魯遠去，就算多不甘心勝負已經分出。

阿諾特渴望得到力量，比安德魯更強的，能為吸血鬼一族帶來榮譽的力量。

「**真難看呢**，吸血鬼王子。」而暗中觀戰的黑魔法派幹部，能為他帶來力量。

「是誰？」阿諾特看不到有人在場，更感覺不到任何妖魔的氣息。

「你很有潛質，但以**正常的成長方式**，你是贏不了安德魯的。」變色龍顯現真身，他散發的魔力教阿諾特敬畏。

「**黑魔法派……**」阿諾特感受到這魔力充滿黑暗氣息。

「這學園的教育太溫和了，妖魔的本質和潛力都沒有被發揮出來，但我能幫你變得更強大，只要你替我辦妥一件事。」變色龍放下了一瓶魔法藥水。

「把巴哈姆特藏起的**魔力容器**帶給我，我會讓你得到比這藥水帶來的力量更高強的黑魔法力量。」這瓶以黑魔法製造的強化藥水，是變色龍給阿諾特的訂金。

利用學生是變色龍和毒蜂女的計劃，但他們想利用的學生，不止阿諾特一人。

新的一天又再開始，貌似平靜的學園已被黑暗**一點一點**地侵蝕著，因為襲擊者的手法難以被發現。

「要監視擁有金黃魔力的人……」被毒蜂的刺針叮過的學生都被施下魔法，但他們自己並不察覺。

這是毒蜂女的**特殊技法**，透過放出的小毒蜂對大量人作催眠，這樣就能避過訓導主任法蘭的戒備。

「最近學園多了很多蜜蜂呢～喵～」敏銳的貓女米露以貓爪趕走了蜜蜂。

「是因為花季來臨了嗎？」蛇髮魔女美杜莎也對蜜蜂感到煩厭。

「對了，迦南和四葉的處罰還未結束嗎？」米露問。

「她們應該還在圖書館吧，要去找她們嗎？」美杜莎說。

迦南和四葉被罰整理圖書館的書本一周，刑期未過米露和美社莎已悶得發慌，但圖書館內的氣氛卻逐漸發生變化。

第七章

禁書閣

圖書館內，四葉和迦南忙著整理數目繁多的藏書。

「迦南，你有沒有發覺人數變多了？」四葉感覺很不自在。

「不只如此……我總覺得大家的目光也看著我們呢。」被監視的感覺讓迦南感到不自在，學生們的臉上更木無表情。

「我們有這麼引人注目嗎？難為卡爾多看我一眼也**不甘情願**。」四葉想起那總是找藉口避開她的卡爾。

「你們還未整理好嗎？我來幫忙吧。」但卡爾卻突然出現在他甚少踏足的圖書館。

「整……整理好這兩個書櫃後就能提早回去了。」四葉臉紅著說。

「那就盡快完成，然後我們鬥快跑回宿舍吧。」因為卡爾，是為見四葉而來。

「你們整理這邊，我去另一邊的書櫃吧。」迦南笑著行開，為兩人製造獨處機會。

突然，圖書館內的一角，吸引了迦南的注意。書櫃與書櫃之間，散發著**微弱的魔力**，這魔力令迦南有似曾相識的感覺。

「這裡……有什麼藏在後面嗎？」迦南觸碰著書櫃，那裡被魔法保護著。

「是禁書閣的入口吧，喵～」米露和美杜

莎也前來幫忙。

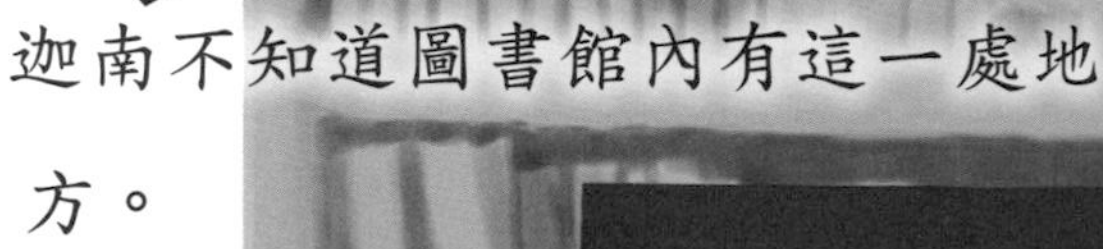

迦南不知道圖書館內有這一處地方。

「是禁止學生進入的閣樓，所以有魔法保護著，我也不知道入口原來在這裡呢。」美杜莎感到新奇，禁書閣的存在十分神秘，學生們都不清楚它實際的位置。

「那禁書閣內藏了什麼呢？」迦南很好奇閣內有什麼東西。

「既然是禁書，應該是和**黑魔法**相關的古籍吧～喵，被禁止使用的黑魔法書。」米露推測著說。

「黑魔法……為什麼會被禁止使用呢？」迦南知道黑魔法派是危險的人物，但不知道他們使用的魔法為何會被禁止使用。

「黑魔法雖然力量強大，但會對使用者帶來可怕的**副作用**。」美杜莎裝起鬼臉說。

「是怎麼樣的副作用？」迦南畏縮著說。

「我也只是聽長輩說啦……聽說黑魔法是靠生命力推動的，所以使用黑魔法的人都會襲擊其他妖魔，吸收**其他人的生命力**來延長自己壽命。」因為渴望得到那強大的力量，不少種族中也有犯下禁忌學習黑魔法的人。

「不法襲擊他人，然後被王國通緝追捕，這些人就集結成為黑魔法派了，九頭蛇海德拉用來吸收黃金魔力的法術也是黑魔法啊，喵～」米露說著迦南也感到**不寒而慄**。

我們別再談黑魔法啦，快點整理好書櫃回去宿舍吧。

美杜莎以蛇髮高速把書本放到書櫃上。

「對了，你們有見過安德魯嗎？」迦南一整天也未見安德魯出現，因為安德魯和阿諾特決戰過後還未**徹底復原**。

而這一場戰鬥，也讓安德魯醒悟自己不足的地方。

訓導主任的教員室內，安德魯向法蘭提出請求，所以法蘭為他提供了**額外的訓練**。

「近身對戰訓練？」法蘭聽到安德魯的請求後疑惑地說。

「對，學園的課程沒有教授的這一環，能請你為我補習嗎？」和阿諾特的決戰讓安德魯發現自己的弱點。

雖然在魔法較量上，他**技勝一籌**，但在近戰肉搏上他卻力有不逮，安德魯身型偏瘦，在純力量比併上他難以佔優，加上欠缺運動，他的反應和速度都比不上阿諾特，或像人狼卡爾的**力量型**妖魔。

「學園的確沒有這方面的專家，但要是你想鍛煉身體，我可以提供協助。」法蘭突然站起，他想到利用自己的發明來幫助安德魯的方法。

安德魯跟著法蘭走進教員室後方他擺放魔法用具的房間，以**國際象棋**為設計理念的無人盔甲整齊排列著。

「法蘭主任……這是什麼意思？」安德魯有不祥的預感。

「由它們來擔當你的訓練對手吧，過程中不准使用魔法，來，站到房間中央吧。」對於訓練學生絕不草草了事的法蘭讓無人盔甲動了起來，十六個無人盔甲已圍繞著安德魯。

「那就先從低難度開始吧，在擊倒它們之前不准離開。」法蘭拍一拍手，六副無人盔甲拿起兵器向安德魯攻擊。

「主任！這難度不會過高嗎？」安德魯慌忙地躲避，他無想過訓導主任有如魔鬼教官。

「要快速成長最有效的方法就是挑戰極限，放心吧，如果你受傷過重我會替你治療的。」法蘭坐到椅子上，一邊看書一邊說。

為了變得更強，安德魯選擇了嚴格訓練，克服自己的缺點，但同一時間也有人為了力量，猶豫該選擇什麼道路。

深夜的圖書館內，阿諾特感應著四周圍的魔力，他知道禁書閣的事情，但他並不知道確實位置。「校長會把容器收藏的地方，會不會在禁書閣呢？」阿諾特正在尋找容器，因為他想換取強大的力量。

「入口……在這附近。」阿諾特凝神專注，找出圖書館中受魔力保護的一角。

「是結界嗎？防止學生進入而設置的魔法結界。」阿諾特很快就找到禁書閣的入口，但卻無法解除保護這裡的魔法結界。

「要使用這藥水嗎？」阿諾特拿出從變色龍手上收到的魔法藥水，那是能在短時間爆發強大魔力的禁藥。

但服用這種藥水，就等於屈服於黑魔法，這是一條不歸之路。

「阿諾特？這麼晚了還在圖書館溫習嗎？」正當阿諾特**猶豫不決**之際，迦南的爸爸史提芬剛好路經此地。

「老師……」阿諾特立即藏起魔法藥水。

「在找參考書嗎？需要幫忙嗎？」史提芬微笑地問。

「不用了，時候不早，我該回宿舍了。」阿諾特害怕自己的企圖被發現，轉身離開圖書館。

史提芬同樣知道**禁書閣**的入口位置，他正在猜想為何阿諾特會一臉苦惱的站在那裡。

離開圖書館後，史提芬帶著疑問走到法蘭所在的教員室，他看著正被無人盔甲圍著的安德魯**大感驚訝**。

「安德魯犯了什麼大錯呢？罰得真重啊。」六副盔甲的攻擊接連不斷，史提芬看著頑強抵抗的安德魯說。

「沒有，是他自己要求的，我校的確欠缺近身**搏擊訓練**的課程。」法蘭看到安德魯的動作開始變得靈活。

「這孩子很著急想要變強……明明已經學會了高年級才接觸的魔法。」史提芬擔心安德魯的身體吃不消。

「是為了保護迦南吧，黑魔法派的人不會對學生**手下留情**，為保護心儀的女生他可不遺餘力呢。」法蘭收起魔力，六個無人盔甲同時停下動作。

「老師……」安德魯喘著氣說。

「今天就此結束吧，明天的訓練由八個無人盔甲開始。」要確切地變強並非**一時三刻**能做到的事，訓練還需要持續進行。

能瞬間得到力量的方法往往是邪魔外道，而阿諾特還拿著手中的黑魔法藥水苦惱不已。

第八章

毒蜂女的陰謀

深夜的宿舍之內，卡爾正在大口吃著四葉為他準備的消夜，而迦南亦鮮有地還未去睡，坐在大廳**若有所思**。

「迦南，你不吃嗎？」自四葉為卡爾準備消夜後，卡爾開始不躲避四葉了。

對於這個廚藝和法術同樣了得的九尾狐少女，他**愈來愈感興趣**。

而迦南現在一點食慾也沒有……

「不吃的話為什麼不去睡覺呢？」卡爾以為迦南是來爭吃的。

「是在等人吧，卡爾你真的一點也不明白**少女心事**呢。」四葉對這愛情白癡說。

「等人？」卡爾已把飯菜吃得一乾二淨，宿舍的大門剛好被打開。

「安德魯。」迦南在等的正是消失了一整天的安德魯。

「來，我們回房間吧，別阻著他們了。」四葉拉起卡爾說。

「*我還未舔乾淨碟子呀。*」被推著走的卡爾說。「別舔了，你這不識趣的笨蛋。」四葉連忙和卡爾走上二樓的房間。

夜闌人靜，大廳只餘疲憊不堪的安德魯和迦南。「**回復魔法。**」迦南二話不說就替安德魯回復體力。

「謝謝。」安德魯會心微笑，他奮力想要變強，就是為了保護眼前的女生。

「你跑到哪裡了呀？一整天也看不到你，卡爾還說你昨晚深夜時離開了宿舍呢。」迦南知道安德魯總是把心事藏起。

「去了……特訓……」安德魯支吾以對，他不想**私鬥**的事讓迦南擔心。

「別太勉強身體呀，我看你的臉色愈來愈蒼白了。」迦南微笑著說，看到安德魯的臉，她才放心下來。

「我可是**吸血鬼**呀，臉色較常人蒼白，睡眠的時間也很短。」安德魯的臉上也終於浮現笑容。

迦南的笑容，是安德魯追求力量的原因，他要守護這個笑容，免得它被黑魔法派奪走。

「我會守護你的，用這雙手。」安德魯把手放到迦南的臉頰上說。

「別把自己迫得太緊，我也會變得愈來愈厲害呀。」迦南感受著安德魯手心傳來的溫暖。

沒有表白，因為他們活在危險之中，擁有金黃魔力的迦南在黑魔法派被鏟除之前都隨時會被襲擊，加上魔法世界還面對著末日的危機，他們沒有**談戀愛**的閒情逸致。

而潛伏在此的黑魔法派幹部，已準備好發動襲擊。

翌日，迦南等人如常地上課、耍樂；但在和平的校園生活中，危機的訊號已靜靜響起。

迦南，魔法老師找你，我帶你去吧。

課堂結束後，被毒蜂女操縱的學生開始行動。

兩個被操縱的同學分別帶迦南和四葉離開，因為黑魔法派的目標，是擁有金黃魔力的兩人。

「我和你一起去吧。」安德魯想陪伴迦南一同前去。

迦南不想所有事也麻煩安德魯陪伴。

「卡爾你不陪我去嗎？」四葉試探卡爾。

「**為什麼？**」卡爾一臉問號。

「所以說你這傢伙不明白女生呢……」四葉說罷跟著同學離開。

迦南和四葉分別被帶走，留下安德魯、卡爾、米露和美杜莎四人。

「請問……我們要去哪裡呢？」迦南跟著同學走出了校門後開始疑惑起來。

「快到了。」同學臉上**木無表情**，有如被操縱的傀儡。

「爸爸……魔法老師應該在教員室吧？但我們離學園愈來愈遠了。」迦南感到不妥，她和爸爸一向以魔法信來聯繫對方。

「快到了，就在山洞之內。」同學機械性地回答。

同一時間，九尾狐四葉也被帶到人跡罕至的霧林。

「霧林不是**學生禁地**嗎？玥華老師怎會約我來這裡見面的？」四葉跟著同學走進霧林後也感到奇怪。

「快到了，很快就到了。」同學引領著四葉走向黑魔法派幹部身邊。

迦南被帶到學園外的洞穴，四葉也被引領到霧林之中，身懷金黃魔力的兩人都被帶到危險之中，而學園也因為毒蜂操縱的學生變得一片混亂。

「最近同學們的樣子都很古怪……你看看他們的眼睛，像是在**監視我們**一樣。」安德魯環視四周，走廊上同學們都注視著他們。

「而且……有種甜甜的味道，我們身上沒有，但他們卻散發著。」嗅覺靈敏的卡爾說。

「我在舊報紙上看過有一名妖魔能同時間操縱**大量人**，而她使用的法術也帶著蜜糖的甜味呢，喵～」米露取出剪報冊，並翻開記錄這妖魔的剪報。

「曾操控一整條村的人大肆破壞，王國的通緝犯，**毒蜂女——莎朗**。」美杜莎朗讀著剪報的內容。

「前陣子學園內多了很多蜜蜂呢，喵～」米露察覺**事有蹊蹺**。

「你們都在這裡啊，迦南和四葉呢？」這時候魔法老師史提芬和他的妻子玥華剛好走到他們面前。

「老師？你不是有要事找迦南嗎？」安德魯驚訝地問。

「四葉不是被玥華老師叫開了嗎？」卡爾也一臉問號。

「**糟糕了！是陷阱呀，喵！**」米露心知不妙，不知不覺間他們更被重重包圍。

「你們不能離開這裡。」數十名木無表情的學生包圍著他們。

「**發生什麼事了？**」玥華伸手想觸碰其中一個學生。

「不能讓你們破壞計劃。」但學生卻拿出魔法杖對玥華攻擊。

不止玥華眼前一人，其他被操控的學生也紛紛以魔法圍攻他們。

「大家小心，他們都被操縱了。」幸好史提芬及時施展防禦魔法，以銅牆鐵壁包圍六人。

但要**突破重圍**，他們必須要向自己的同學、學生作出攻擊。

另一邊廂，吸血鬼王子阿諾特趁著學生們引起混亂再次來到圖書館，他拿著黑魔法藥水站在禁書閣入口，為了得到力量他終於狠下決心。

「為了吸血鬼一族的未來……」阿諾特喝下了藥水，紫黑的魔力立即在他身上湧現。

「這就是黑魔法的力量……」他把手放到保護禁書閣的魔法牆前，此刻他覺得自己無所不能。魔法牆有如玻璃碎落，阿諾特踏上通往禁書閣的階梯，很快就走到禁地深處。

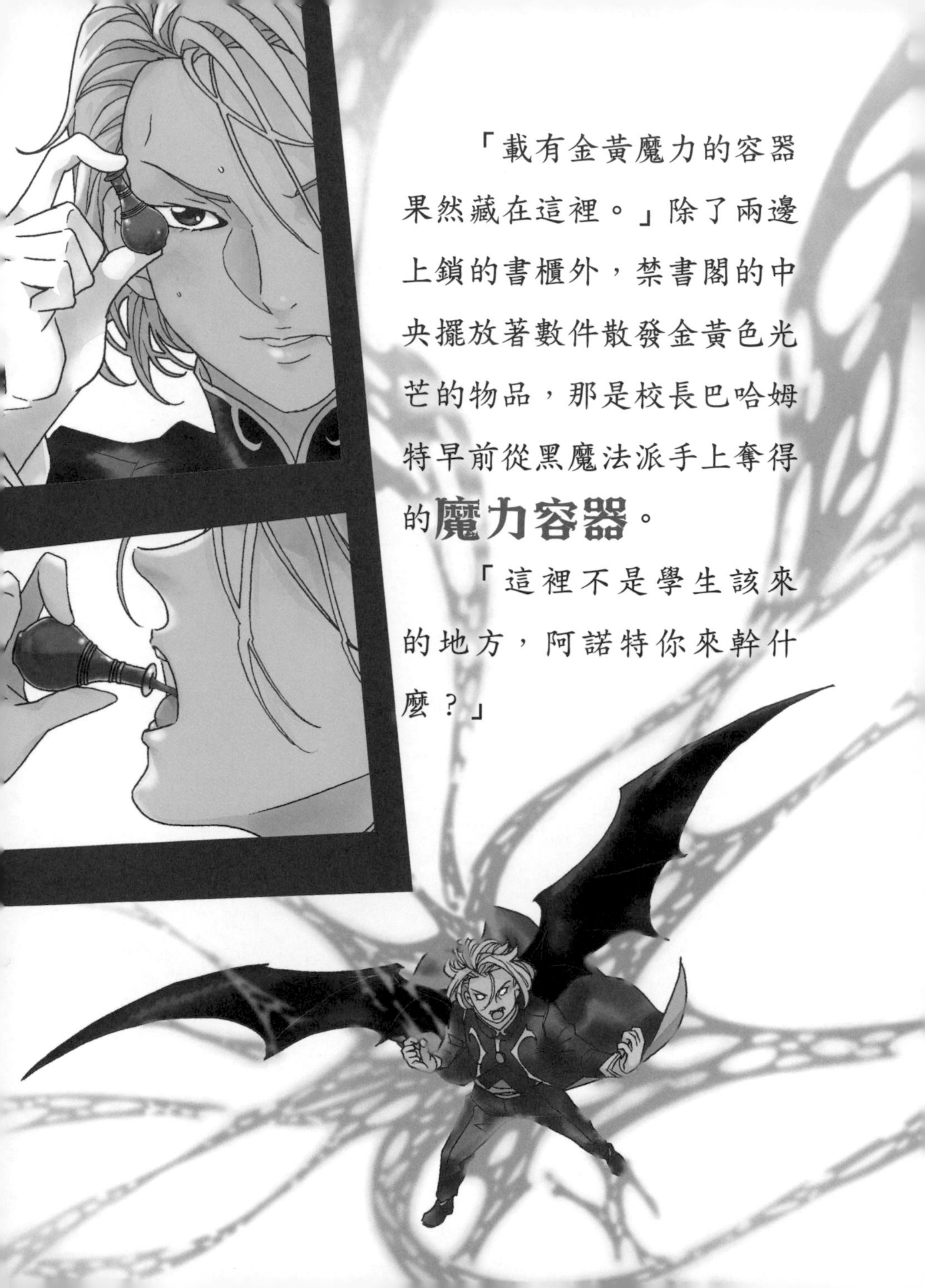

「載有金黃魔力的容器果然藏在這裡。」除了兩邊上鎖的書櫃外，禁書閣的中央擺放著數件散發金黃色光芒的物品，那是校長巴哈姆特早前從黑魔法派手上奪得的**魔力容器**。

「這裡不是學生該來的地方，阿諾特你來幹什麼？」

法蘭沒有留在辦公室，因為他猜到阿諾特會在這裡出現。

紫黑的魔力讓法蘭**提高警覺**，因為他曾和黑魔法派的人交手。

「訓導主任你來得正好，讓我試試我現在的力量……到底有多強大吧！」阿諾特向法蘭作出挑戰，他的利爪劃破了法蘭的衣服。

被力量誘惑的阿諾特終於**誤入歧途**，服下黑魔法藥水後他往後會對力量更加飢渴，不擇手段想要奪取別人的生命力。

第九章 少女的反擊

黑魔法派開始了行動，學園內被操縱的學生都拿出魔法杖製造混亂。

「別使用**攻擊魔法**，會傷及無辜被操控的學生。」史提芬抵擋著學生的攻擊。

「這樣我們怎反擊呀？迦南和四葉已被帶走一段時間了！」卡爾開始焦急，因為四葉正身陷險境。

「他們脖子後都有被毒蜂叮過的痕跡，我們用催眠魔法讓他們暫時沉睡吧！」玥華把符咒貼在被操縱的學生額上，使學生入睡。

「人數太多了……」一次魔法只能讓一個學生入睡，安德魯無法**突圍而出**。

「形勢危急，就算是同學也不好意思了，石化光線！」美杜莎把前方的同學都石化起來。

「安德魯和卡爾，你們去追迦南和四葉吧，米露你前往教職員室，請老師們前來增援。」史提芬指揮著說。

「**了解！**」安德魯立即張開翅膀，卡爾也拔足狂奔突破重圍。

迦南被帶到了學園外的山洞，四葉則被帶到霧林深處，帶領她們的學生都突然取出魔法杖想向她們施展催眠魔法。

「**反射魔法！**」迦南早有準備，把催眠反彈到施術者身上。

「反應很快呢，迦南。」一直藏在山洞內的毒蜂女莎朗和大量毒蜂飛到迦南面前。

「是你操控了我的同學？」迦南感覺到莎朗身上強大的魔力後不禁抖顫。

「我是黑魔法派的**幹部**，毒蜂女莎朗，我是來捉拿金黃魔力持有者的。」毒蜂女揚手指揮毒蜂襲向迦南。

「**銅牆鐵壁！** 幹部……和之前遇過的三頭犬一樣。」迦南以防禦魔法擋住毒蜂，她深知眼前的敵人有多強大。

「三頭犬賽伯拉斯太貪玩了，要捉拿你只要利用一下這學園的孩子就易如反掌。」莎朗兩手放出黑色的風刃，把迦南的防禦打破。

「竟然利用我的同學……你這人……不可饒恕！」迦南停止了抖顫，在三頭犬一役之後她已下定決心，不再逃避戰鬥。

金黃魔力閃耀綻放，迦南緊握魔法杖準備迎擊。

另一邊廂，四葉也擊倒了想偷襲她的同學，但**真正的危機**卻未被解除，四葉看不見敵人的身影，只聽得見他的威嚇。

「愚蠢的金黃魔力持有者，乖乖接受催眠便能小吃點**苦頭**嘛。」變色龍索隆的保護色助他融入霧林的環境，他的利爪已爪傷了四葉的手腳。

「形勢不利呢……胡亂使用狐火的話會燒毀這裡的樹木。」九尾狐的狐火威力驚人，但四周圍也是樹木的環境限制了四葉的行動。

「**還不肯投降嗎？**」索隆的利爪再劃破四葉的肩膀，受傷的四葉體力正急速下降。

「雷鳴召來！」四葉以符咒法術反擊，但無法命中看不見的目標。

「沒用的，我是黑魔法派的隱形殺手，你再反抗下去也只是白費力氣。」幹部級的索隆就是憑著隱形的技法**橫行無忌**，他的身影、氣味和魔力也無法被探知。

「只懂藏頭露尾的卑鄙小人……我喜愛的男人和你有天淵之別。」四葉想起雖然貪吃但

勇悍無比的卡爾。

「看來不**吸光**你的體力，你是不會乖乖就範呢。」索隆現身並伸出長長的舌頭捲著四葉，動彈不得的四葉體力正被吸收。

「卡爾……」四葉想要求救，但其他人也不知她在何處。

但有一種妖魔嗅覺特強，對深刻的氣味絕不會忘記。

放開我的未婚妻！

卡爾大爪劃在變色龍的舌頭上，索隆痛得立即放開四葉。

「卡爾……你怎會知道我在這裡的？」四葉感動得眼泛淚光，以一己之力面對隱形的對手她也十分害怕。

「你的氣味我又怎會忘記？只要追著你的氣味，就算你躲到天腳底我也一定能找到。」卡爾變化成人狼模式，身型壯碩的他站在前方保護四葉。

「多了一隻人狼又能怎樣！面對我的保護色你們一樣束手無策！」變色龍又再隱藏起來，隱形的殺機無處不在。

「卡爾，對手是變色龍，我無法找到他的位置。」四葉苦惱地說。

「變色龍嗎？」卡爾輕擦鼻子，雖然無法嗅到敵人的氣味，但他還是信心十足。

服用黑魔法藥水後的阿諾特感覺力量源源不絕，在禁書閣內和法蘭展開激戰，他身上散發的紫黑魔力強大得連法蘭也感到震驚。

「難怪黑魔法派**日益壯大**，這股力量真令人興奮。」阿諾特重拳把法蘭迫出禁書閣。

「以你的資質，就算不借助黑魔法，數年後一定能成大器，為何要選擇這條不歸之路？」法蘭解開兩手上的鐵鏈。

「數年？為什麼要浪費時間？我為什麼要和凡夫俗子呆在一起？我可是吸血鬼族的王子！」阿諾特以火魔法作出攻擊，但那火焰卻呈現**紫黑色**。

「借旁門左道得來的力量，會害死你的。」法蘭以鋼鐵的身軀擋下黑火焰，以手上的鐵鏈綑綁住阿諾特的手臂。

「現在放棄黑魔法還來得及，身為訓導主任我有責任阻止你。」雷電魔法隨鐵鏈襲向阿諾特，但阿諾特已霧化逃脫。

「阻止我？恐怕你已辦不到了，暗黑爆炎魔法！」阿諾特借藥水的力量使出超越他所學過的高等級魔法，破壞力幾乎把整個圖書館炸毀。「莫說是安德魯，就連訓導主任也不是我的對手，這才是我**應有的實力**。」阿諾特欣喜若狂，他渴望的力量現在唾手可得。

法蘭受傷倒地，到他再次站起的時候，阿諾特已帶著載有金黃魔力的容器飛出學園。

同樣是吸血鬼，阿諾特為力量不惜墮入黑暗，而為保護散發金光的迦南，安德魯即使遍體鱗傷也不向黑暗屈服。

山洞外毒蜂女的攻擊一浪接一浪，毒蜂和黑色風刃接二連三襲向迦南，但經歷一次又一次危機，迦南不再只顧防禦，面對黑魔法派的幹部仍奮力還擊。

「**雷電魔法！三連環！**」迦南知道自己的優勢是比其他人擁有更多魔力，她能使出魔法的次數也相應更多。

雷電把毒蜂擊落，迦南邊走邊迴避黑色風刃。

「你並不像傳聞所說是弱不禁風的小女孩呢，我很喜歡你堅決的眼神。」但迦南的雷電就算擊中莎朗，也未能讓她受到多少傷害。

「讓你這種孩子變成**傀儡**，讓這眼神失去光彩最令我心情愉快。」莎朗露出毒蜂尾針，只要迦南被刺中就會像其他同學一樣變成對她唯命是從的傀儡。

「**特大冰霜魔法！**」迦南及時作出反擊，巨大寒冰擋住了莎朗的刺針。

「要破開這種冰塊只是時間問題，很快你就會成為我的傀儡，我的奴隸！」莎朗加速衝刺，刺針已刺入冰內。

「不能放棄……」迦南的魔力持續釋放，寒冰還在抵擋著毒蜂的尾針。

「**臭丫頭……別小看黑魔法派！**」莎朗老羞成怒，傾盡全力衝破冰塊，長長的刺針已近在迦南面前。

「想傷害迦南的，就算是女性我也不會心慈手軟。」幸好安德魯及時趕到，單手握住毒蜂女的刺針。

「黑魔法派的妖魔，就算來多少我也不畏懼。」安德魯握斷了刺針，他要用自己的力量守護身後的**金色光芒**。

第十章 少女的守護者

霧林內，四葉和卡爾聯手對付變色龍索隆，看不見的敵人**難以應付**，但自卡爾來到之後索隆的攻擊全都被他擋下了。

「為什麼？明明我的氣息已完全隱藏起來！」索隆從後偷襲，但卡爾轉身及時擋住。

「人狼的嗅覺可是**妖魔之冠**啊！」卡爾揮拳還擊，重拳直中索隆腹部。

「不可能……我的法術連我的味道也能隱藏。」連番攻擊也未能得手，索隆**百思不得其解**。

「因為我追蹤的不是你的味道，是你爪上四葉血液所散發的味道。」卡爾以追蹤手味來鎖定敵人位置，他的拳腳功夫雖能命中索隆，但變色龍的皮膚長有鱗甲，這程度的攻擊還不足以擊倒對手。

「你這**煩人的小子**給我滾開！」索隆以長舌頭捲起卡爾再摔出去。

「我的目標由始至終也只有這九尾丫頭！」索隆撲向四葉，他想抓起四葉逃出學園。

休想動我的未婚妻！
我的消夜……還得靠
她幫我煮！

人狼卡爾爆發出強大的速度，保護別人的意念讓他突破自身界限。

「四葉！用你的狐火全力攻過來！」卡爾從後擒抱住索隆，令這隱形殺手動彈不得。

「但是！這樣你也會受重傷的！」四葉因為看不到敵人，又怕會燒毀霧林而沒有使出最強招式，但現在索隆已被卡爾抱住。

「**別小看我**，我可是皇家騎士團團長的兒子！」卡爾不擅長魔法，現在他的攻擊力還不足以擊敗黑魔法派的幹部。

「卡爾……**我相信你！**妖狐秘法！九尾狐火！」四葉的九條尾巴射出烈焰火球，九個火球同時擊向索隆和卡爾。

混帳！放手！快放下手！

索隆猛烈掙扎，卡爾就算被火勢波及也沒有鬆手。

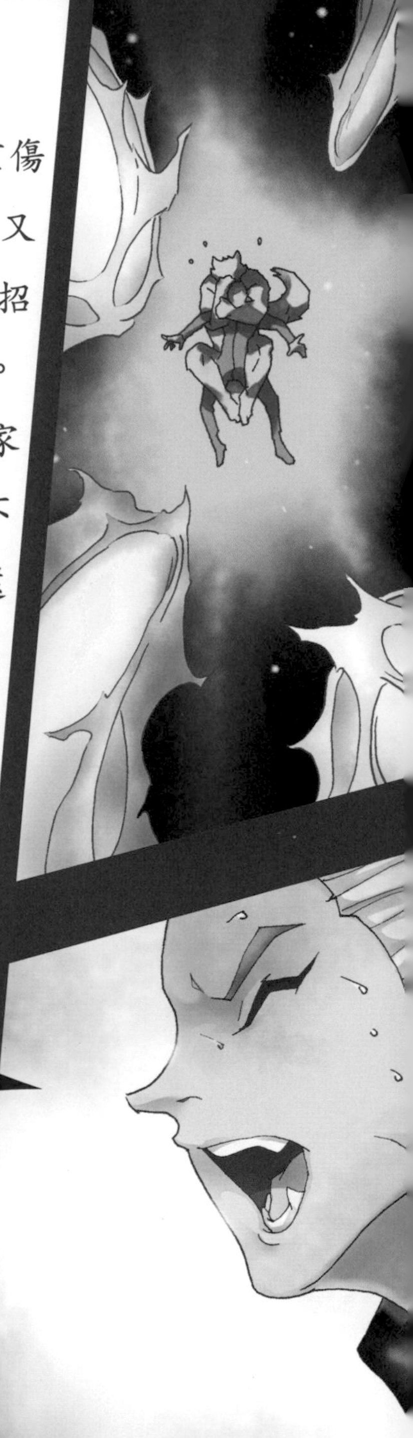

火焰持續燃燒，直至四葉確認索隆無再掙扎，她才解除秘法。

「卡爾！」四葉急步跑向卡爾，放下索隆的卡爾皮膚嚴重燒傷。

「放心吧。」

人狼大部分都不擅長魔法，但他們除了擁有卓越的體能外，還有頂尖的再生能力。

被狐火燒傷的地方正逐漸復原，卡爾大膽的策略是因為對再生能力的自信。

「嚇死我了……如果你死了我便變成謀殺親夫的女人了，一定再也嫁不出去。」四葉燦爛地笑著說。

「什麼謀殺親夫？我可不是你的丈夫啊。」話題只要和婚約有關，卡爾立即尷尬地別開臉。

「不用害羞啦，你剛才不是叫我未婚妻了嗎？我看你的表情多緊張啊！」四葉繼續取笑卡爾。

「**沒有……是你聽錯罷了。**」卡爾臉紅著說。

「聽錯？你叫了兩次啊～我怎會聽錯。」四葉指著狐狸耳朵說。

「別說這些了……這傢伙還有氣息呢，要怎樣處置？」卡爾轉移話題，身受重傷的索隆已倒地不起。

「先把他綁起來，再交給老師處理吧。」四葉以符咒法術緊緊綁住索隆的手腳。

回去吧，今晚的
消夜要豐富點。

卡爾邊拖行著索隆邊說。

「是，我的未婚夫！」這是四葉來到西方學園最愉快的一天，雖然遍體鱗傷，雖然驚險萬分，但她重視的人靠著她的氣味追到她身邊，英雄救美，為她解除危機。

山洞之外，毒蜂女莎朗突破迦南的防禦，幸好安德魯及時趕到，毒蜂的尾針被他猛力折斷，安德魯的魔力更在**急速上升**。

「是她操縱了我們的同學，把我和四葉引出來的！」迦南對安德魯說。

「**卑鄙小人。**」安德魯以飛腿踢開莎朗。

「迦南，你無受傷吧？」安德魯立即檢查迦南的傷勢。

「我沒事，但四葉不知情況如何，學園內一定也被學生弄得**一片混亂**！」迦南還顧慮著其他人。

「放心吧，卡爾已去了找四葉，老師正在控制場面。」安德魯注視著前方的敵人，這是他和迦南第二次面對黑魔法派的幹部。

「竟然弄斷我的尾針，你這吸血鬼不可饒恕！」憤怒的莎朗連續射出多發漆黑風刃。

安德魯以翅膀保護自己和迦南，靜待敵人的攻勢減弱再**轉守為攻**。

「迦南，我需要你的幫助。」為應付隨時出現的敵人，安德魯和迦南也沒有停下腳步，除了攻擊魔法之外他們更領略到合作的重要性。

他們從三年級學生龍女和精靈身上得到啟發，面對比自己強的敵人時的法寶。

「**強化魔法！三連環！**」迦南畫出新的魔法陣，把自己的金黃魔力加到安德魯身上。

「黑魔法！漆黑龍捲風暴！」莎朗搶先進攻，黑色的龍捲風正面迫向安德魯和迦南。

「這是我和迦南加起來的力量，衝破它吧！**特大暴雷魔法**！」安德魯傾盡全力，金色的魔力令雷電更強更猛。

黑色的龍捲被暴雷衝破，毒蜂女受到猛烈攻擊倒地不起，集合二人魔力的一擊成功擊敗面前的黑魔法派幹部。

「成功了！」迦南欣喜地走向安德魯身邊。

「別再一個人**走得太遠**，要留在我的視線範圍。」安德魯抱住了迦南，因為沒有跟隨迦南，害她差點被黑魔法派捉走。

「安德魯……」迦南羞紅了臉。

「明白了嗎？」安德魯微笑著說。

「嗯。」迦南**不想麻煩別人**，成為黑魔法派的目標是她的命運，但人與人之間的命運是相連的，從十年前安德魯救出迦南開始，他們兩人的命運已緊緊連繫著。

迦南把毒蜂女莎朗冰封起之後便和安德魯一起把她帶回學園，而這時候一眾老師已把被操縱的學生**一一制服**。

學園之內，以史提芬和玥華為首的老師們以催眠魔法把學生一個又一個**進入夢鄉**。

校長巴哈姆特、副校長菲尼克斯、體育老師格里芬，甚至小食店店長八爪魚奧莫和校務處職員巨人嘉芙蓮女士也趕來幫忙，在他們的努力之下，所有被毒蜂女操控的同學都已睡著。

「想不到黑魔法派的人已潛入學園，甚至利用學生來達成目的。」校長對警戒不足感到抱歉。「不只如此，阿諾特更協助黑魔法派，偷走了藏在禁書閣的**魔力容器**。」負傷的法蘭來到老師們聚集的地方。

「法蘭，連你也制止不了他嗎？」史提芬問。

「他服用了黑魔法派的強化藥水，那是能激發**十倍魔力**但對身體有害的禁藥。」法蘭搖搖頭說。

「他是**可造之材**……想不到作為王子的他為了力量不惜墮入黑暗。」副校長黯然地說。

「迦南……還有四葉也還未回來。」玥華緊張地說。

「媽媽！爸爸！」這時候迦南和安德魯也回到學園之中。

「真人齊呢，是準備開**大食會**嗎？」卡爾和四葉也剛好出現。

「你們打倒了黑魔法派的幹部嗎？真厲害呢！」巨人嘉芙蓮輕拍迦南的頭，她想起迦南剛入學時什麼也不曉得的樣子。

「你們都沒有受傷吧？」玥華搭著迦南和四葉的肩膀說。

「我有受傷呀！**超級嚴重的燒傷**，但剛再生回復過來了。」卡爾舉起手說。

「大英雄，我今晚為你做一頓超豐富的消夜吧。」四葉扯著卡爾的耳朵說。

「黑魔法派的人就交給我們處理吧，解除操控魔法的藥我也會盡快調製好，你們就先回去宿舍休息吧。」法蘭今天**悲喜交集**，墮落黑暗邪道的阿諾特叫他十分悲傷，但這班茁莊成長的學生亦教他欣喜萬分。

這次黑魔法派雖然捉拿不到迦南和四葉，但校長辛苦得來的**魔力容器**，又再落入九頭蛇的手中。

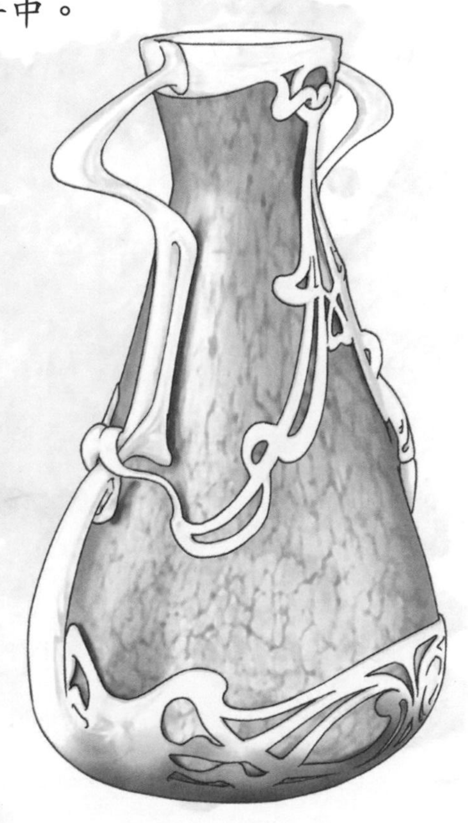

一星期後，魔幻學園回復了一貫的平靜，被毒蜂女操控過的學生忘記了當時發生過的事，迦南等人亦從危機中得以成長。

但今天，迦南、四葉、安德魯和卡爾被召到校長室去，因為一位特別的訪客，從魔幻王國遠道而來。

老爸？

卡爾向著穿著一身英偉盔甲的父親說。

「哈哈！孩子們有吃飽飯，好好長大吧？」卡爾的父親卡隆，是皇家騎士團的團長。

「父親大人！我是你的未來新抱呀！」四葉雀躍地說。

「啊！是妖狐族的小公主嗎？真可愛啊，嫁給我的笨蛋兒子不會太可惜了嗎？」卡隆玩笑著說。

「你別亂說話啊，老爸你又為什麼會來學園？」卡爾掩著四葉的嘴巴說。

卡隆收起了笑容……
我是為安德魯而來學園的，我找到你的爸爸了。

失蹤多時的吸血鬼安古蘭終於被發現！

安德魯多年來的**滿腔疑竇**：爸爸到底是黑魔法派的一分子，還是另有苦衷假裝投誠？這一切終於會有答案了嗎？這還是要待到安德魯和爸爸**真正見面**的一天，才能知曉。

下 回 預 告

我的吸血鬼同學

卡爾回到狼牙山谷，滿月的考驗背後有**悲傷的故事**。
銀月下人狼歌舞昇平，吸血鬼乘夜**發動襲擊**。

vol.4 經已出版

創造館

花漾

文—陳四月
圖—余遠鍠
經已出版

文—陳四月
圖—多利
經已出版

寫下你所共鳴的
青春與成長的模樣

2023 年創造館唯一全新兒童系列！籌備已久的新創作登場

《我的吸血鬼同學》魔幻小說家 **陳四月** × 《Stem 少年偵探團》人氣插畫家 **多利**

科普少女團

放飛思緒馳騁想像之兒童科普讀物

少女三人組

周星彩（14 歲）

活潑好動，充滿好奇心。行動力強，常常因衝動行事而碰壁，但樂觀愛笑，不會輕言放棄。

韓珍妮（14 歲）

身材矮小，性格孤僻倔強。天資聰穎，記憶力強，在學校成績優異。家境清貧，父母自幼雙亡，脾氣有點暴躁。

陳妍書（14 歲）

個子高高，性格十分內向。說話陰聲細氣，不擅與人交流，文靜而且容易害羞。出身在名門世家。

故事簡介

MiSSiON 1：地心歷險記

科幻小説家深信，在地底深處，是個有生命存在的地心世界！裡面有吃人植物、暴怒火山、驚濤大海，更有兇猛巨大的史前生物！在虛擬世界裡，這的確存在！

元域學院的新生珍妮、星彩和妍書各有個性，她們組成三人團隊，坐上通往地心世界的礦車，展開了驚險不斷的冒險旅程！她們能夠「生還」以及「順利逃出」嗎？那就要看這小隊的實力、鬥志與團隊精神了！

創刊號七月書展登場　擁抱 IT 新時代

我的吸血鬼同學

創作繪畫	余遠鍠
故事文字	陳四月
策劃	YUYI
編輯	小尾
封面設計	Zaku Choi
設計	siuhung
出版	創造館 CREATION CABIN LTD. 荃灣美環街 1-6 號時貿中心 6 樓 4 室
電話	3158 0918
發行	泛華發行代理有限公司 香港新界將軍澳工業邨駿昌街七號二樓
印刷	高科技印刷集團有限公司
出版日期	第一版　2019 年 10 月 第三版　2023 年 5 月
ISBN	978-988-79842-1-4
定價	$68
聯絡人	creationcabinhk@gmail.com

本故事之所有內容及人物純屬虛構，
如有雷同，實屬巧合。

Printed in Hong Kong

創造館 CREATION CABIN